“深扎”文丛

WOMEN BUNENG RANG ZIJI KUWEI

我们不能让自己枯萎

赵瑜　著

河南大学出版社
HENAN UNIVERSITY PRESS
·郑州·

图书在版编目(CIP)数据

我们不能让自己枯萎/赵瑜著.—郑州:河南大学出版社,2018.4

("深扎"文丛)

ISBN 978-7-5649-3316-6

Ⅰ.①我… Ⅱ.①赵… Ⅲ.①诗集—中国—当代 Ⅳ.①I227

中国版本图书馆CIP数据核字(2018)第088132号

总 策 划 侯若愚
责任编辑 侯若愚 时 娇
责任校对 任湘蕊
封面设计 侯一言
出版发行 河南大学出版社
地址:郑州市郑东新区商务外环中华大厦2401号 邮编:450046
电话:0371-86059701(营销部) 网址:www.hupress.com
印 刷 河南瑞之光印刷股份有限公司
版 次 2018年11月第1版 **印 次** 2018年11月第1次印刷
开 本 889mm×1194mm 1/32 **印 张** 4.375
字 数 122千字 **定 价** 22.00元

我们都应该活得无用一些
(自序)

日常生活中,总有一些片断高于现实。低于现实的是我们的物欲,或者饥饿感,而高于现实的部分,属于诗歌。

诗是风声,是一夜柔软的柳蔓,是我们生活中若隐若现的美。诗如果不懂客气,它可以宣布,它是所有人的出口。

然而,事实上,多数人的一生和诗没有任何关系,他们关心菜价、孩子成绩以及更加隐私的现实。诗对于他们来说,像一个酱油用光了的瓶子,无用,只能扔到垃圾筒里。

是的,空瓶子自然是没有用的,而空瓶子曾经装下了他们的味觉,他们的一小部分欢喜。

一个人活着,如果时刻都活得等价计算,甚至高利润,那么,他一定会累倒在有用的刻苦里。这样的人缺少松弛的能力,他们枯燥乏味,不过是一个又一个整洁有用的机器。他们的人生配方出了漏洞,如果他们的生活里有诗,那么他们会在生活里增加没有意义的选项。无用,没有意义,甚至彻底放弃自己的理想,在短暂的失落过后,这些人会意识到,人和人之间最大的差别,不是丰硕的成功,而是有能力活得闲散没用一些。

我常常想给诗一个别致的定义。有时候,我想,诗或者就是我们夹在一本书里的一张登机牌,或者一片树叶。诗是打通我们现在和过去的钥匙。

的确,我很确定这一点,诗是钥匙。但,我们不知道的是,锁是会生锈的。

如果一个人的眼睛常常模糊,可以肯定的是,他正活得有用。这样的人疲倦感强烈,只能靠成功维持身体和情绪的稳定。这些人只有在人生出错的状况下，才会遇到月光、中药、心情以及亲人。这是确切的，那些从医院出来的人才会丢弃自己的过去。

我是一个喜欢漂泊的人，我的过去杂草丛生。一页一页撕下后，才能看到我的原本。我更喜欢被社会扩容的现在，我逐渐接受失败，懂得及时放弃，甚至活得更加无用。

无用，这词语有些中年感，沾染过灰尘，虽然可以看出已经被擦洗干净，但仍然会让人觉得，用这个词语修饰自己，是对现实空间的一种逃避。

而对于一个有精神生活需要的人来说，“无用”意味着节奏的慢，意味着可以活在色彩更加丰富的内心世界里，活在正确并不重要的自由里，甚至，一个人可以做到无用，那么欲望也会得到温和的释放，人内心里的戾气渐渐流远，人才会有拓宽感。

我并不喜欢“诗意”这个词语。“诗意”属于成年以后对孩子气的垄断，是对生活内容粗暴的梳理。但是，诗的确适合孩子，诗是孩子的别名。每一个孩子都是天生的诗人，他们的句子打破规则，提醒日常生活的重复。而一个人心里如果一直住着一个孩子，那么，哪怕他吃野菜，他也在咀嚼的瞬间吞咽世间的好诗句。

诗和诗意的区别，就如同富裕和高贵的区别。在中国，有大量富裕的人，却将高贵扔在垃圾筒里。而同样的道理，在中国有许多热爱诗意人生的人，他们却并不知道，人可以活在一首或者一句诗里。

早些年我对诗完全无知，只觉得是情绪的碎屑，在梦里滑落，多日挥之不去。而让我觉得羞涩的是，那些碎屑多关乎情欲，是热烈的，是甜腻的。

现在我对诗的认识发生了变化，我觉得，诗是一种认知世界的方法。如果一个人活着，渐渐觉得存折不那么重要了，更在意茶水、精神的厚度以及四处行走，那么，即使这个人不写字也不画画，他也活在一首诗里了。

诗不是具体的词语，不是色彩，诗是一种可以让人反复阅读的人生态度。如果一个写诗的人贪婪无度，那么，即使他的词句再好,他也是一个离诗很远的人。

诗是一种活着的方式,诗没有什么用处,却美好至极,它提供判断又模糊判断。说到底,当我们突然有了生命的自觉,知道可以拥有什么,可以放下什么,那么,我们便已经在一首诗里。

在有用的时候不刻意拒绝,让自己参与到有用中,助人且自助。在无用的时候,不刻意避世,让自己收拾起人生琐碎,正好烹食光阴,那么有无之间便都是好的经历了。

人活着,最大的存储是内心的丰盛,而这丰盛的来源极为简单,便是对日常生活中的诗句的收藏。每一个人,每一个职业,都会遇到诗,这些诗句散落在菜市场和鸟叫声里,只是看路过的人是否能打扫出一片内心的角落安放它们。

安放那些无用的光和声音,安放那些哭泣和感动,安放那些疲倦和挫折,世事经得多了,我们便活得自在从容了,而诗就在这自在从容里。

2018 年初春

目　　录

1　　我们都应该活得无用一些(自序)

第一辑　乡村书简

3　　乡村文明

4　　易经

8　　沉睡诗

10　　岁末抒怀

14　　进化论

第二辑　形而上

19　　失语症

20　　全球化

21　　呼吸

22　　玉石

23　　不适感

24　　大雪将我们囚禁

25　　献诗二〇一六

26　　浅薄的

28　　般若波罗蜜

30　　经书

31　　和尚

33　　腰疼主义

35　　湖水之诗

37 悲伤切片
40 让赵瑜去写诗
42 梦之浮桥
43 禾木
44 中秋十四行

第三辑　形而下

47 我们讨论一下人生好不好
48 在一艘邮轮上入睡前的所思所想
49 盐与比喻
50 我喜欢的世界布满了垃圾袋
52 论在公寓五楼的卫生间里一个男人思考问题的姿势
54 关于见面三次以后才能和女人讨论隐私的哲学依据
56 蔬菜价格
58 鞋子会不会决定我们要走哪条道路
59 猜测
61 诗是什么
62 年龄到底意味着什么
63 我们要不要尝试做一个坏人
65 悲伤会结出果实吗
67 他人是天堂
70 表演者

第四辑　海外集

73 我空有一颗不肯媚俗的心
75 时光
76 二〇一三年春天我虚度的所有下午
77 长锋
78 一束光，或者一次忆念
79 桃花诗

80　现实主义
81　食物
82　生日补白
83　典故
84　身体某个部位疼痛时所想
85　退步史
86　在书店里
87　孤独感

第五辑　明媚小札

91　八里庄南里
92　这样啊
93　轨道
95　感冒诗
96　赞美诗
97　阶层分析
98　荒诞主义
99　我们不能让自己枯萎
100　梦的解析
101　二十一
102　散场
105　后海夜色
106　见喜
107　致青春
108　爱
109　还好吧
110　七夕

第六辑　温情集

113　参照

114 多多语录
115 小鞋子
116 尿素
117 在北京眉州小馆吃过早餐以后的事
118 各自活着
119 羞涩
120 打开
121 内心生态
122 四十岁后我或许会更自私
123 研究成果
124 致黑夜里的自己
125 小念头
126 我的刺已经拔净

127 误读赵瑜(跋)

第一辑

乡村书简

乡村文明

柳兄，今天我想告诉你
什么叫乡村文明
就是在夜晚的时候，村子里
一只狗叫了，那么全村的狗都会叫

今天上午我去地里看了看麦苗的长势
看到三个勤劳的人在田里劳作，和墒情交谈
我想告诉你的是，明天田里一定会有更多的人

乡村是一只狗与另外一只狗的关系
它们无论关系多么亲密
都会吵架，它们通过吵架来探听对方的隐私
它们的疏远与亲近，都是哲学

需要阐释清楚的是，乡村文明是饥饿的
人们习惯了悲剧和无助，在乡村里
那些懂得放弃的人，才是火种

2018.3.12

易　　经

天是上面的事情，是心灵，是飘扬的旗帜
地是下面的事情，是成长，是笨拙的行走
三个比喻，三件衣裳，三句话
我们需要扮作鬼魂，需要在夜间叫喊

强壮的马匹，草地肥沃
历史无法进入，历史只有高高的墙壁
我们进入爱情，将牛羊宰杀
歌颂生活

我们将生活煮了，放入盐和思考
然后告诉孩子爱和疼痛从来相伴
爱是牛羊的叫声
疼痛也是

我喜欢观察一头牛的路线
它卧在大地上的时间和它行走的时间相同
它拉屎的重量和吃草的重量相同
它理解一切话语，包括责骂

牛变成云彩，变成传说
牛是植物堆在一起，是树
我相信这样
我相信牛是树，是向上生成的一些话语

我也喜欢观察一只羊的叫喊
它模仿另一只羊
它直接变成河流
变成一地麦子

羊接近我们的童年
喜欢微笑和高处
羊最终也会变成云彩，变成传说
羊很难杀死另一只羊

善良和愿望往往走在不同的路径
羊变成云彩，象征着本质模糊
饥饿到来之前
世界上的事情都有变成云彩的可能

我也想变成云彩
我喜欢虚无
把衣服脱了，把身体忘记
我喜欢虚无

飞翔过后，就会变成种子
稻子、小麦和草
我想变成麦子，那刺一样的麦芒
象征我向上的想法

麦子模仿手指，有尖锐的指向
那是一种寻找和辨别
饥饿和麦子毫无关系
饥饿是我们自己的事情

在黑暗里，我们陷入麦田一样的丰盛里
牛走远了，羊卧在文字里
我开始折叠一个信封
疑惑都落在树林里，竹片上

一块石头在水中能走多远
硬币落在桌子上的时候是不是正面
开灯的时候灯泡突然灭了意味着什么
衣服破了呢，衣服是一种包围，还是解脱

我们闭上眼睛，世界是黑白的
我们睁开眼睛，世界就变了
会不会有人拿着油漆，跟着我们
会不会有人把世界装在自己的口袋里，让我们只有黑夜

黑夜。疲倦的坟墓
我在灯光里活着
有时间阅读自己，有时
我数着时间发呆

无为。忘我。飞翔
三个比喻，三件衣裳，三句话
牛是树木
羊是疼痛

我是谁
是栽培者，是破坏者
是闯入者，是逃避者
是叫喊者，是沉默者

我无法定义一块草地，那是衣服，是温暖的象征
我无法定义一块草地，那是陷入，是诱惑的开始
变化之前
我双手抓紧自己

天是云彩写的诗句
地是草地写的诗句
我是谁
我是我自己的诗句

我把竹子栽成五行，把羊群种在里面
我把麦子栽成八行，把自己种在里面
竹子长成清高的精神，羊群长成尊严
麦子长成庸俗的面孔，我长成虚无

田野在外面，思想也在外面
我们身体可以飞翔
脱离牵挂和干燥
盛开成一本打开的易经

天是上面的事情，是心灵，是飘扬的旗帜
地是下面的事情，是成长，是笨拙的行走
三个比喻，三件衣裳，三句话
我们需要扮作鬼魂，需要在夜间叫喊

易经。我在麦地里遇到它
生命的缝隙突然被打上补丁
牛羊成为比喻
我的呼吸声也成为比喻

沉 睡 诗

羊群。怀抱张开的绿，春天啊
羊群。弓箭热爱弓箭，鸟儿啊
向西，向西，向西
馒头四只，蜜蜂一只，大火中凤凰涅槃

羊群。舞蹈停下来，沙滩啊
羊群。雪花融化了，花朵啊
向西，向西，向西
奔跑一日，歌唱四日，大雨中灵魂飞扬

羊群。孤僻摊开，变成阳光，蝴蝶啊
羊群。欢喜储藏，变成河水，棉花啊
向西，向西，向西
放下灰尘，拾起忆念，大风中舔舐你

血液靠近钱财，森林靠近欢喜，奔跑靠近身体。
世界满是灰尘，擦拭一天，安静一天。

羊，洁白的雪。群，洁白的雪。
羊群叫一声，大雪下三天

我躲藏起来了，树叶堆满梦境，一片一片。
母亲在厨房里，父亲在田地里。

我躲藏起来了,躲起来了。

我的手是暖的,刚好可以抚摸你,以及你梦里的景物。
你睡吧,我的孩子

2010.3.24

岁末抒怀

谁的童年在雪地里趴着,谁的鞭炮声突然将夜晚撕开
新娘子在不远处,她的故事适合捂着眼睛观看
坏人的名字叫瞎子,他被绑在了柳树上

我们讨论死亡和纯洁的关系
一些鸟儿走了
它们死了吗

洗脸,吃油炸的食品
蹦跳,绊倒以后会拾到硬币
旧历岁末,日子被喜悦冲洗

我陷入旧照片之中
颜色斑驳的生活
我的牙齿掉了,被埋在墙角里

鬼害怕芝麻秆和对联
鬼喜欢吃饺子
鬼喜欢叫人的名字

在旧历岁末,我必须了解很多俗世的规矩
我要跪下来
我要夸奖邻居家的孩子

思想被糖果填充
我那时六岁，去后街里买鞭炮
之后的生活，我就忘记了

擦完屁股的玉米芯被烧了
那是证据
我和另一个自己争吵不休

年是衣服的一种，可以脱下来
像一团雾一样
可以被火把煮了

我不知道如何从那一年走出来
我沿着河走，河结了冰
我沿着麦田走，麦子被雪覆盖

我走不出童年
我的方向丢失
我趴在雪地里

鞭炮声和新娘子在不远处
坏人的名字叫瞎子
他被绑在了柳树上

母亲的衣服是去年的，笑容也是
他们这些大人
总喜欢把去年的东西拿出来炫耀

我用冰冷的雪洗脸，然后尿在那里
我看不懂很多东西

我想找容易的世界来阅读

我和一个邻居家的孩子商量着来年夏天的事情
西瓜熟了我吃几块他吃几块
我们讨论了东门外的一块玉米地

那是隐私
我们在那里看了一个女孩的身体
我们捂着嘴笑

冬天的一切都很疼
红薯被冻得逃到地窖去了
狗跑到夜里去了

我也想逃走
我把烤熟的花生装在衣服里
我想睁开眼睛，自己长成高大的树

我跑到隔壁村庄
我和一些陌生的孩子玩在一起
我被他们打哭了

我又一次被时间拒绝
我坐在那里吃兜里的花生
然后尿尿

我那时八岁
我开始担心天空的云彩会掉下来
我天天去寨外找长得粗的大树

我要站在树的下面
从那时候开始
我就知道死亡是一种消失

我从大坑里洗澡出来
穿上衣服
我的兜里再也不装烤焦的花生

我的兜里装入夜晚
装入那个新娘的故事
我在大年夜里发呆，突然伤感

进 化 论

蛋白质的海洋，内心里的海洋
鱼类的色彩是秘密，像爱情
我常常希望和喜欢吃鱼的女人相爱
生下鱼类，或者秘密

哮喘病和炸药，一九五四年，或者
一九七六年，或者，二〇〇六年
时间像疾病，被夜晚隐藏
我看到织布机上的阳光

大队人马在阳光下叫喊，麦子熟了
我在柳树下尿尿，或者，在榆树下
或者，在羊群里
我突然想念一九九七年的自己

你和你的声音没有关系
香蕉黄和橘子黄，你选择哪种颜色
我和我的声音没有关系
樱桃红和番茄红，你要流出哪种血液

我决定往故乡的方向走走
蹚水过河，用泥泞的脚印给你方向
哲学课开始了，我不顾一切地奔跑
你藏在哪个晚上

燃烧秸秆，得到你的初恋
红薯大小的乳房，是光
飞翔之前，我蒙上双眼
把你的身体当作草原

死亡是光线暗淡的过程
织布机。海里的鱼
舞台上的字幕慢慢呈现
打开我，取出你，或者一团云彩

吃多少条鱼才能遇到你，你的十八岁
竹椅子上写了我的名字
冬天的时候，我在大雪里走了走
这些，你都不知

第二辑

形而上

失 语 症

我们拥有的现实都有包装，揭开来
全是锈迹，像故事中藏好的线索
我不再热爱这些故事中的人物
就像，我不再热爱和别人分享我的见解

我喜欢的词语都被出售，被黑夜收藏
塑料做的法律，灰尘覆盖的笑脸
我的身体里有一声尖叫，被贴了罚单

只好温顺地看着孩子，他们在游戏里活着
还好，可以看着他们，阅读他们的欢喜
将他们看到的词语一个一个拿过来吃掉
对他们说，不要吃垃圾食品

然而，纠正他们并不容易
现实是被减去思考的番茄酱，我看到
孩子一口吞下蘸酱的历史，那么坚决

2018.2.26

全　球　化

我要把身体还给大地
织布机，彩色的地图和性幻想
我要支持农业，穿棉布，吃粗粮
泥土负责生长一切，包括母亲

我是卖红薯的人，我把我的人生切片
出售给你们
棉布是棉花和虫子共同的银行
撕裂布帛的声音，如同雷雨

蝴蝶的翅膀是风
我的言语是诅咒和预测
请你不要占有树木、智慧和技术
请你笨拙一些，再笨拙一些

世界像一个手掌
最长的那一个最没有用

呼　　吸

食物。细菌和回忆
你的衣服，洗干净之后的下午
我大声叫你的名字

我在小饭馆，你在柳树下
我吃西红柿，你跳舞不止
我的牙齿疼，你的头发长

天天去湖里捉鱼，沙子堆在爱情里
紧张的，火把和池塘里的花朵一样
爱是凉的，纠缠在水里

我喜欢鱼，彩色的鳞片
闪烁。背叛。像青春的背影
你只能相信我，温暖的手掌

我在沙滩上，你在月光下
我浅相思，你深呼吸

玉　石

谜语。疑惑丛生的石头
开始的透明源于孩子的眼睛
牛骨上的金瓶梅，玩世不恭的猜测
我喜欢碗里的水，春秋

春秋是一种遥远，硬币积攒的历史
裂缝里的疼，手指沾满生活的盐粒
你的口袋里装着什么秘密
大雪覆盖白天，也覆盖夜晚

纸质的寿命短暂，如同尊严
时间雕刻下你的体温，如雨如诉
世界退回到柔软的布帛上，冬夏
卑劣的报复无法储存

火来，便燃烧成骨头
水来，便尖叫成鱼类

不　适　感

油菜花，热，下流话，凉
历史小说，热，硬板床，凉
我跌落在飞翔中

溺水的话语如同躲藏
谁负责挖掘出我的昨天
理智。理智塞满了风声和钱币

体温和词语的关系密切
戏曲中的人死了，只是比喻
就像我手持花朵，内心寒冷

陌生的开始，执着无比
误解，墙壁上的冷淡和热烈
冰块，不能融化的，你的隐秘

旧房子里的人，吃花生，剪指甲
我想洗一把脸，洗去灰尘

大雪将我们囚禁

大雪将我们囚禁，将我们的名字
印成禁书，禁止我们在冬天说热烈的事情
煤被禁止，它的思想污浊
春天也被禁止，花朵危险

大雪直白，主动说出我的秘密
木本植物，独唱，倾听黑暗中有人念诵
我有神的诗篇，十五章

大雪将我们囚禁，游乐场即将关闭
童年决口，世界一页一页被重新装订
目录上的我叫黄河，已结冰
梦境推迟到达，收费站已结冰

我很直白，想说说我的秘密
我喜欢热烈的一切，包括拙劣的事物
我有未被翻译的经文，烤火和抱你

2018.1.27

献诗二〇一六

请捂上你的眼睛，倾听
我惊人的话语
有时，我们能否看到远方
取决于窗子，以及夜色

我喜欢安静的人，日历上被撕下的数字
迫使我们奔跑，答案在历史书里
页码模糊

请捂上你的耳朵，来
到这里测试视力
第五行，夏天的花朵是什么颜色
流血的颜色，是啊，你那么准确

我喜欢最简单的衣服，肉体和悲欢
都不过是缩在时间里的一场梦
场次模糊

2016.6.4，凌晨，写毕难过很久

浅 薄 的

你的迷失是浅薄的
你应该向前走，靠近刀锋

小酒馆的名字叫作脱下衣服
是的，脱下衣服

汽车上有米饭吃。火车上有米饭吃
你身上有什么好吃的吗

我要扮作老虎。我的尾巴要染成黄色的
一截一截的黄色，我要比喻你的内心

你一直看不懂我的手势
我的意思简单得很，我要离开

我要去远方。种树也好，砍树也好
我要喝红豆汤，绿豆汤

好的。现在，我已经平静下来
我们说说往事吧，秋天里的，冬天里的

我喜欢大雪覆盖的细节。我知道
你要等我说完

跳舞。手套。群英路。紫荆山公园。马路边上的爆竹
春天被砍掉树杈的道路，是悲伤的

浮躁。你适合阅读钱财和浅薄的抒情诗句
啊。太阳照耀着你。啊，又落下去了

我无法理解时间。它毒害了你，喂养了你
你成了傀儡。或者，你成了泥土

我用了十年的时间，路过你两次
一次是浅薄的，一次是悲伤的

如今，我要回到我的身体里
回到田野里，长成高昂的庄稼

供人收割
或者，供人信仰

般若波罗蜜

树上的，新鲜的，甜蜜的，活跃的，如同云朵的，如同歌唱的
需要的，便于携带的，理想的，浓郁的，如同钱财，如同爱欲

消化食物，也消化文字
赞美佛祖，也赞美阴道

放肆过后，是棉花般纯洁的内心
泥土种植各种植物，泥土吸纳污浊的心灵

色依附于物，物依附于欲，欲听从于色
奔跑的，需要奔跑的，在奔跑中开始奔跑的

我是世界的布，包围你最热烈的欲望
包围你要说的话语

洁净的思想来自食物，也来自身体
洁净的思想来自泥土，也来自空气

死是思想流到杯子里，是食物被消化
意识是物体被触摸，譬如接吻

我无法洗干净更多的地方，除了自己
我无法洗干净自己的身体，除了手指

尘垢解释的，是真理
尘垢变成水里的真理，赞美生活

欢喜的人获得荣誉，那荣誉是一团灰烬
悲伤的人获得疼痛，那疼痛是一团灰烬

滞后的，破败的，生硬的，急切的，如同伤口的，如同睡眠的
幻想的，便于炫耀的，丰富的，浅薄的，如同拥有，如同丧失

消化宽容，也消化冷漠
赞美争夺，也赞美舍弃

经　　书

下午我遇到赞美，封好的包裹打开
我负责整理杂志和未来
向每一个人说起谦卑，青草泊在过错里
食物总是动人，食物总是动人

每一次重复，都遇到云彩
我被派往更深远的争执里
修改一篇文章的标题，体重变化不定
田野注定长出果实，注定

佛陀常常心软，像茶叶在水里
一个电话叫醒水中的鱼，信仰湿透了
摁什么键能回到寻常
在末日的寓言里，我被赞美搭救

楷书终会消失，行书终会消失，你爱的人终会消失
必须找到信仰，并立即叫出她的名字

和　尚

和尚坐在水中
莲花开放

四周安静，俗世的热闹种在心里
四周安静，举起手放在胸前

和尚坐在云朵里
麦田里耕耘的人看不到他

我在城市的街头遇到和尚
他就是那个拉二胡的人

他闭着眼睛，看清楚钱币和心灵
他的午餐吃得丰盛

和尚是内心的和尚
生活是公交车载来载去的生活

多么生动又多么单薄
多么真实又多么抽象

一把雨伞可以遮盖多少陌生
拥挤的愿望，美好靠近美好

和尚不介意把头发舍弃
和尚不介意风吹走桃花

前尘用喜悦去抹平，一步一步地行走
后世用喜悦去祈祷，一步一步地行走

我在城西的河水里遇到他
他变成一朵莲花

腰疼主义

上楼梯，上楼梯
用大车装载财物
用大车装载爱情

衣服湿了才能过河
肚子饿了才能饮食
我衣服湿了，肚子饿了

打马走过城市
穿蓝色上衣的男子
他在石头上刻下爱人的名字

飞翔的鸟儿象征着吉还是凶
我捂住眼睛
分不清你和月光

上楼梯吧，我们
仿佛旅行归来一样
我们回忆起一条河流的深沉

两盏灯一直亮着
一盏灯是你，一盏灯是我
我们两个同时呼吸

城市已经荒芜
芦苇占据了我的思想
锋芒消失在河流中

上楼梯，上楼梯
用诗经盛满忧伤
用我们的双手盛满果实丰硕的夏天

我弯下腰来捉鱼
我追逐鱼以及它们的歌唱
我扑倒在田野里，你的身体洁白

这是众所周知的秘密
我的衣服湿了
你的身体洁白

整个春天，我们都依偎在一起
我穿着蓝色的上衣
我把你的名字刻在了石头上

湖水之诗

打鱼的人向我介绍泉水
他的船只里可以盛下爱情

茅草屋，茅草屋
土豆被刀切开

中午时分的想念
酒杯已经注满，话语

话语很多，鱼一样
我来回地走，打听八十岁的老翁

我事情不多
心灵铺满了阳光

生锈的铁从庄稼里找到温暖
沙子堆在去年的路上

这是茅草屋，诗歌
和切土豆的茅草屋

素不相识的人，戴手镯的人

我来说出湖的名字

雨水告诉鱼儿什么
我就告诉你们什么

悲伤切片

我突然觉得累了
倒在地上
田野生动着
如果追逐一只兔子
我们的一生就会被兔子安排

天空突然陌生
街道的尽头出现的那个人
他若隐若现
我必须快些回到城市
敲每一扇门，我要告诉民众
不要相信你们看到的所有事情

不要相信快乐
或者一碗米饭
不要相信下午时分的高音喇叭

我带领大家往梦里逃
我要在梦里抵达节日
汽车。旅馆。安全套
还有音乐笼罩的舞蹈
我伸出手来，想要摸到一声呼喊

我摸到奔跑的世界

呼喊声像草地一样，呼喊声仓促
我信赖湿润的一切
身体，面容，语言
我信赖一场大雨

房间里陈设着织布的机床，梭子光滑
母亲正用经纬度测量人的善良
日历撕下一张又一张
春天来了，我的心事多了起来

我把手放在稻田里
把耳朵放在山后面的羊群里
阳光照耀着布匹，小说标题
已经被修改五次
我的心事变薄了，舞蹈轻盈

傍晚时分，一辆汽车停在路边
道路拥挤，两个孩子在奔跑
我要到楼上去
五楼，我要打开灯
撕掉夜色，只剩下奔跑的声音

这是城市安排的戏剧
我是主角
我在一口井里找到答案
生活是甜的，我将那口井据为己有

路人甲拿着铁锹，执着地挖着历史
他的亲人在云彩里，画里
他的亲人若隐若现

我很执着，把春天打量了一遍又一遍

我说，你把衣服脱下来做什么
你只要站在那里不动就行了
你是今天早晨第一个到来的人

我要重复说过的话
赞美。诋毁。讽刺
我要把黑夜里的人们一一叫醒
胡子刮干净了，剩下零乱的思想
我在卫生间打点自己
我挑选自己，又抛弃自己

我很悲伤。

让赵瑜去写诗

让喝水的那个人去南边看望蔬菜
让唱歌的那个人去哄孩子
让舞蹈的那个人去收拾晒在阳光下的粮食
让赵瑜去写诗

手指甲长了就剪掉，之后
对着垃圾筒抒情
袜子臭了就脱下来，之后
对着水龙头抒情

电视机旁边的鱼缸是抽象的演出
类似于诗歌的部分融化在水里
成了夜色

一个电影的名字很长
所有的人都困在剧情里
不能出来

在河边大声叫喊的人遇到了我
在菜市场里吃黄瓜的人遇到了我
在九楼画画的人遇到了我

生活中的这些面对时常像灰尘一样
堆在风中

如果你有自行车
请你骑上它快些向西走

请你们告诉赵瑜
让他写一首诗歌吧
他要坚持不写
请你们求求他

梦之浮桥

用泥土打通一本佛经，色彩斑斓的人生即将
开始，我们趁机打量世俗生活
诱惑太多，火把熄灭后
飞蛾依旧扑向它

河流是泥土伸出的手，或者理想
风也是，食物也是，遥远的地理也是
我也是

我把远方带来，给一座桥命名
泥土吞下烟火，粮食啊
这众生的经书，该如何赞颂
我把远方带来，我必然是河流的一种

我喜欢这地名，布尔津
泥土在这里打盹，咳嗽，成为格言
我们一起念出：色即是空

禾　木

近的事物更靠近虚构
日常生活里，我们是自己的陌生人
远处是近处的镜像
通常，我们是镜子外的那个人

我常常怀疑远方是虚无的
为此，我不停去证实猜测
在桦树林里拍下的历史，转瞬即逝
多数抵达都是迷失

如今，我在云朵之上
被一个村庄的名字叫醒
禾木，一声被河流洗净的牛哞

我细细地数了这个村庄上空的神灵
他们在白桦树上住着
我想停在此刻，觉得再向前一步都是错过

2015.6.9

中秋十四行

我的见识来自瘦小的月亮
桂花里眩晕的龙，歌谣，还有半湖童年
我没有伤口，只有疏远的故土

感人的故事越来越少，如同夜晚的鸟鸣
谁负责为我们抒情，谁就可以成为情人
成为月光

毒素平均分派给我们，被封闭的内心
我解救自己的方式朴素有效
躲在陌生的城市，摊开夜晚
排列年纪，草原，渴望

多么简单的道理，我们每天告别自己一次
月光是湿的，如同你的唱词
我多年以后才找到丢失的唱片
封面模糊，伤口愈合

2017.10.4，昆明

第三辑

形而下

我们讨论一下人生好不好

有多久没有看到过那样的眼神了
旧街道的小食店，夏天时的装束
转身离开时，平常不过的一瞥
便有千言万语，拥挤，哀伤，街道寂静

街道寂静，一只鸟疾飞过内心，铺满海岛
“我们讨论一下人生好不好”
这台词放在电影结束的时候说，显得湿润

我想起一些旧事，在火车上奔跑的时光
一些地址从身体里逃远，现实终究是模糊的
纸上的青春干净，薄情，旧书信折叠起来
那是没有谜底的微笑，失踪多年

“我们讨论一下人生好不好”
多么好的冬天，我恰好想到你的眼神
大海被我的词语煮沸，夜色正好

在一艘邮轮上入睡前的所思所想

波涛没收感性的一切，包括爱
我携带的词语都消失了，触手可及的
是救生衣，房间生动而狭小，夜色虚无
时间漂浮着，我们已被世界抛弃

只有此刻，才知道孤独和庞大的事物有关
宇宙、秘密和爱人都带来孤独
思念以及甜蜜的词语也是

有多久没有在入睡前排列自己喜欢的事物了
饥饿感，欲望，我永远无法摆脱的出生地
往事，荣誉，我渐渐模糊的青春期
在手机信号恢复之前，我是一个被夜色拘禁的人

我想到火柴盒，音乐停下来以后的舞蹈者
我想到大雨，醉酒的人，以及我近来的变化
而波涛没收感性的一切，包括爱

2017.12.29

盐与比喻

我决定了，
往打开的一枚鸡蛋里放入盐
往青菜里放入盐。
往正在交谈的一锅粥里放入盐。
往脚步声里放入盐。
往别人的话语里放入盐。
往三十五天前的记忆里放入盐。
往我花费在海府路上的一小段时间里放入盐。
往一本杂志的封面上放入盐。
往卫生间里自己的表情上放入盐。
往无法思考的一篇小说中放入盐。
往并排坐在公交车上的一对恋人的眼睛里放入盐。
往昨天夜里的小雨中放入盐。
我喜欢盐。汗水。
我喜欢表情固执的一切道具。
譬如糖。譬如果实丰硕的秋天。
譬如河流。譬如我们的名字。

我喜欢的世界布满了垃圾袋

那是一种收拢，像心灵扎紧
棉花堆在田野里
布匹堆在工厂里
爱情堆在心里

我们席地而坐，开始辩论
棉花的白，那是无法拒绝的白
温暖包围我们
布匹包围我们

爱情是一些果皮，能绊倒旁观的人
我喜欢这些果皮，凋零的表情
河流啊山川，整理不完的大自然
不如这些果皮容易理解

哺育。舍弃
我喜欢的世界布满了垃圾袋
那是形态各异的树木，或者商标
那是容易变化的表情

天亮之前，音乐和音乐融化在一起
天亮之后，我和我在镜子前相遇
我说，请等等我
我又说，请等等我

把那么多想法变成田野里荒芜的杂物
把爱情变成果皮
我有些难过
我用垃圾袋把自己的世界填满

工厂里的人们开始辩论
模糊的开始模糊
我被安排到卫生间里
我的手中拿着苹果和书籍

论在公寓五楼的卫生间里一个男人思考问题的姿势

演说的人穿着华美的衣裳
他说起昨天晚上他喝了两杯淡盐水
理发店的门一直开着
挖鼻孔的人在沙发上挖鼻孔

请你们大笑
请你们大笑

演说的人穿着睡衣
他说起昨天晚上他喝了两杯淡盐水
水果店的灯一直亮着
等公交车的人在旁边等公交车

请你们大笑
请你们大笑

演说的人光着身子
他说起昨天晚上他喝了两杯淡盐水
包子铺的那个女孩牙齿很白，很白
吃包子的人在那里吃包子

请你们大笑
请你们大笑

演说的人闭上了眼睛,想到从高楼上下坠
演说的人坐在凳子上,想到了剧场里的鼓已经敲响
演说的人扭了一下屁股,想到了舞蹈的女人倒在地上
演说的人说,请你们大笑

关于见面三次以后才能和女人讨论隐私的哲学依据

半夜时分。我起床去看望一头牛
它正在吃草
打钟的和尚坚持坐在油灯下
他正在成佛

我昨天给他讲了故事

关于一朵花朵的开放
需要一个男人去看望三次
春天里有多少花朵开放
就会有多少男人死亡

成长总会带来恐惧
譬如牛吃草比喻什么
譬如打钟的和尚是不是女人变的
我在半夜时分起来,会发现世界上的所有真理

树上长满了果实,需要夸奖
道路上有个陷阱,需要小心

我的一生不需要遇到太多的人
我怕记不住他们的名字
我喜欢简单
喜欢坐在沉默里

牛吃完了草之后，还要吃草
这是多么容易对付的人生啊
我看完一个女人之后，还要再看她
这是多么容易解释的人生啊

我对和尚说，打钟
那和尚便开始打钟
我对花朵说，开放
那花朵便开始开放

我一定会死去
我会吃肉，会对着夜晚抒情不止
我一定会死去
我会充满耐心，唱歌给你们听

关于如何掌握一个女人的秘密
我不会炫耀
你必须长期跟着我
才会知道，我是如何抚摸她的肉体

蔬菜价格

腐烂。内心有斗争
一棵白菜和一本哲学书离得很近
把白菜放在阴暗的夜里
就像把经书放在阴暗的夜里

我们的疼痛源于忘记
我们习惯忘记年份,药物名称
蔬菜的价格,以及天气
我们被往事切割,失忆

疼痛和伤口有关
和一个女人的名字有关
和巷弄里的树有关
和蔬菜价格也有关

疼痛隐藏在暗处
像刻意躲藏的一段光阴
譬如我们的童年
譬如一把刀切碎蔬菜

我喜欢菜刀切碎蔬菜的声音
这是一个容易模仿的情形
我们可能是刀
也可能是蔬菜

疼痛在我们是蔬菜的时候产生
刀切向我们
世界开始模糊
我们变成果实和垃圾

腐烂。是时间塞给我们的思考
仿佛是一个绕不过去的词语
我们在内心里慢慢挣扎
让疼痛蔓延开来

鞋子会不会决定我们要走哪条道路

鞋子是船只
它寻找草地和炊烟茂密的岸边
我们是虫子
我们依赖风和雨水

我们把自己种在一双鞋子里
要抵达思想的楼宇
我们路过战争和荒漠
迷失自己

鞋子是船只
是车轮充足的工具
是家园，是果实丰硕的想象
鞋子承担了我们的心事

真实和虚构的世界都从一双鞋子开始
鞋子最终会抛弃我们
像爱情慢慢离去
像一棵树在冬天到来之前死去

孤独的鞋子，值得歌颂的鞋子
它的朋友很少
灰尘懂得它
夜晚懂得它

猜 测

照完镜子以后，我就忘记了自己的样子
我的模样模糊
我经常把自己当作别人
拼命嘲笑

我必须在一些句子开头出现
表示方向
我是一个浅薄者，通常
我总在通往餐厅的路上

我吃馒头和一些意料中的词语
我被很少的食物支配
我的思想是草和贫乏的植物
那么浅薄和粗鄙

午餐。是一个地点
红房子，绿房子
跳舞的孩子们离开了
我坐在地上数自己的钞票

午餐。是一个调查
读书的人，狼吞虎咽的人
他们坐在中间
他们的碗里满是虫子

是虫子,表情惊讶的他们
张开嘴巴
这个时候我按下了遥控器
请你们猜测他们的话语

诗是什么

诗是食物，露水做成的食物
早晨起来
把秋天一点一点堆成稻草
供养自己的心灵

诗是土里埋葬的秘密
诗肯定可以种植，像庄稼一样
在南地里种一块
在北地里种一块

诗长成玉米，歌谣
诗长成疾病，难过
诗长成李二皮的短裤
李二皮跳进河里，死了

诗是童年
里面装着一头大象
我摸到腿
欣喜若狂

年龄到底意味着什么

疼痛加深,血流出来
颜色加深,血流出来
年龄意味着血流出来
内心生长茂密的荆棘

年龄是毒药,是肉体的刺
年龄把我从泥土中拉起
给我枣树和呼喊
给我冬天和雪

往内心生成的庄稼无法收割
谷物被鸟类衔走
只剩下狼藉
让我无所适从

面对年龄一点一点的给予
我不敢挑拣
我的房间里和心灵里都堆满尘埃
无法打扫

年龄是一种覆盖
尘土湮没我们的思想
荒草湮没我们的嘴巴
让我们说不出话

我们要不要尝试做一个坏人

我们要不要尝试做一个坏人
在大街上来回地走
来回地走

我们要不要在一个酒店里喝酒
讲有色笑话
然后找出不笑的那个人,和他理论

我们要不要半夜里在墙上画一个女人
然后和她吵架
并获得胜利

我们要不要在饥饿的时候大声骂人
然后看着饭店里的一个胖子
把他叫出来,问问他欠的钱何时归还

我们要不要假装纯情
看到别人接吻
就跑上前去教育他们

我们要不要把一群流浪的孩子叫到一起
告诉他们,你们记住了
我的名字叫作 X

我们要不要做个坏人,坏人,坏人
每次吃过饭后都扬长而去
如果有人追上我们,我们就异口同声地说,我们是诗人

悲伤会结出果实吗

我往自己的内心浇水
种子和种子
快乐的和悲伤的

我安静地观察自己
情绪像水龙头里的水
可以打开,可以关闭

我把自己放在喧闹中
打扫树叶子和笑声
收获模糊的思想

年龄,钱财,无知的阅读和丰盛的欲望
我被内心里的水湮没
像找不到家的孩子

果实挂在树的上面
悲伤挂在我的心里
它们有大不同

我必须把自己打倒
我要知道悲伤结出的果实
是白天还是黑夜

离开自己的身体
那是背叛
那是悲伤结出的果实

他人是天堂

狭窄的街道和狭窄的心灵
理想和歌唱
疲倦的时候遇到的人
他们一定也疲倦不堪

我喜欢出现在十字路口
向东向西有不同的风景
向南向北有不同的人群
我喜欢转眼之间,五谷丰登

陌生人是天堂
是可以理解的比喻
表演者终会明白
他们转身的时候代表着理想

每次在十字路口的时候
我都会想到燃烧
剩下坚硬的骨骼和理想
照亮别人

灵魂可以换到自由
换到经书和吉他
灵魂大多数时候无用
像感冒时色彩斑斓的药丸

每次走在狭窄的街道上
想象力被街道两边的事物挤压
当我们陷入一团世俗的事物中
恨一个他者完全没有用处

他人摔倒在地上
他人向我们描述道路的曲折
鸟儿在天上飞翔
那是一个又一个比喻

一切都不需要干预
摔倒,飞翔,这一切都自然不过
路过我们的人
他们有自己的远方

我习惯出现在十字路口
那是躲避也是追逐
书翻过一页,米粒掉在了地上
书翻过一页,米粒又回到了碗里

我会对你们说起天堂
陌生人坐在花园的木质椅子上
陌生人是个盲人
他等着阳光和第一个说话的人

小时工。招聘广告。保安
生活里突然涌来的饥饿
我们被一个栏杆碰撞
我们被另一个栏杆碰撞

情书结束了，有人哭泣
花瓣落下来了，有人大笑
他人是不是天堂，请再回答一遍
是的，我饿了

表　演　者

表演导致观众麻木，请不要表演
给予导致孩子依赖，请不要给予

水被装进沉默里，请不要喧哗
脸被装进沉默里，请不要洗净

疾病在食物里，在一次跌落里
那个被生活挤压的人，他杀了人

一个又一个标本，刀子一样，刺入我们的体肤
尊严跌落在建筑工地上，生活被水泥凝固

贫穷的身体，他们的生活靠出卖力气
出卖精神，出卖父亲，出卖母亲，出卖乳房，出卖身体

丰富的身体，他们常常有意外收获
收获鄙视，收获疾病，收获绸缎一样的悲伤和恶心

给你一碗水，浇灌你，洗净你
若是有人欺负你，你就骂他

第四辑

海外集

我空有一颗不肯媚俗的心

总有一天，我累了，就去三号小镇
我要在一条大街上露出脚趾
锄头锈了，我用诗句将田地渲染
草木枯了，我用童年去点燃它们

母亲。是一季麦子
在食物里温暖我们
而我们，越走越远，像棋子
被色彩暧昧的夜晚吞噬

我需要回到故乡，看看活着的亲人
狗尾巴草绊倒的童年，还有羊群喂养的童年
都是我的衣裳
我穿着它们，穿过大雪、泥泞和惆怅

内心的一场大雪，滑倒了谁
爱情和麻雀一样，被风吹远
我空有一颗不肯媚俗的心
却被繁华的春天抛弃

我梦到棺木，还有伸出的手
那是世俗的手，企图收买我的手
灯火，图书馆，两件旧衣服里盛放的年华
我如何摆放这生命的道具

我把菊花的青苗种在记忆里
把霜和冬天用浊水浇灌
这个时候，你应该取下耳环，侍弄夜色
我遇到你，赞美你正当好的年纪

总有一天，你累了，就到三号小镇
你要在一条河边露出寂寞，并遇到我
你倦了，我用流水洗净你
我饿了，你用夜晚喂养我

时　光

在一个海岛上过中秋遇阴雨，并听到爆竹声，想起家人。

时光如墨汁，开始时浓郁，终会干涸
成为往事的一种，食物一般
沐浴时突然陌生的小情绪
温饱之后慢慢清晰，比如骄傲

这些年离家越来越远，面目可憎
我有时会在陌生城市失去方向
身体里的磁场混乱不堪，这是丢失

这也是寻找的开始，活着，遇到逼问
多么矫情的生活
我多数情况下克制自己，欲望到来时的
内心，无人探望

夜色是躲藏，月光是灰尘
我有时坐在灰尘里，听弦乐划破窗子
乡村在梦里，像个气球，是灰色的

2013.9.19

二〇一三年春天我虚度的所有下午

找一个打火机所耗的时间
可以接两个电话
一个讨论棉花的生长过程
一个讨论羞涩的人平均的模样

冲厕所的声音越来越有哲学意味
包括楼上鞋子跌落的声音
傍晚时分的阳光小于想念
沙发上堆放的报纸也是

核桃每一次都滚落到难以猜测的角落里
我一次次找到写着电话号码的纸片
以及沾满时间碎片的食物

我有一个魔法戒指，还有
虚构了整个春天都没有开始的小说标题
这些都是秘密

长　　锋

时间的，柔软的，融化的
未知的，肥胖的，造作的
骄傲的，喘息的，湿润的

笔锋的每一次转动都是破坏
宣纸裁切的过程如同商谈
对折，是在西湖边上小酌
四开，是听一段佛教音乐

我喜欢墨色由浓渐淡的过程
鱼在浅水里吃草
孩子的风筝上画满了糖果

我们最终都会孤独
不如，一开始就用力
停顿是叫一个人的名字
转折是将信封投入邮筒

一束光,或者一次忆念

我爱你,这话说出口,我必然年轻五岁
彼时,我擅长种植,内心肥沃
此刻,我更信任喜欢
这及物的词语内部,是我被榨干了的青春

樱桃。夜色。以及可以说出的卑劣
爱有多深邃,便有多怅惘
我爱你,这话说出口,我必然光着身子

穿上衣服,我说不出这话
如同,饥饿时我说不出触手可及的食物
爱如同灰尘,混浊,纠缠
能洗干净的不是爱,是液态的过往

我爱你,这话说出口,我渐渐老去
开始接受宿命,遵医嘱
所有爱我的人,都成为药丸,被我温水服下

2015.2.14,情人节

桃 花 诗

钓鱼的人,将故事扔进河里
青春从来下落不明
湿润,未知的行程
鱼赏花去了

墨水里藏着鸟鸣
春风裁纸,四尺对开
桃花开了三两枝
盛满月光

棋子跌落
下一步成为谜语
我怀抱春风

我怀抱春风
关上门,数着花瓣
一瓣裙子,一瓣你

2015.3.21

现实主义

生活是统计学
被忽略的部分，成为现实主义
下雨之前，伞并不存在
伞以外的事情都超过现实

现实，大于梦境的道德
多数人一生被狭窄的理想绑架
他们忙碌不堪，却永远猜不出中奖号码

我的现实便是我的困境
摊不破天空的蓝，说不出身体的欲
我割舍不下的东西太多
比如咳嗽，真理，或者露珠

剩下的贝壳太少了
珍珠是夜深时的疼痛
而我的现实，始终是我的困境

2015.4.18，深夜

食　　物

能切开的食物，多是女性的
比如杧果，它的保质期是一个
长久不衰的比喻

吃麦子长大的人像驴子
叫声很大的时候才悲伤
而我吃玉米长大

鱼是音乐，豆腐是一场性事
樱桃是三分之一个夜晚
椰子。椰子是阳光的一种
我吃玉米长大

我只能在玉米地里，这无法解释
绿豆荚开了，虫子们将夏天吞下
有那么一瞬间，我看到困在时间里的自己
饥饿极了

2015.4.18，深夜

生日补白

我需要一把锄头
身体里的草太多了
我需要一把锄头

我身体里有太多的别人
借住在肠胃里的别人，心肺里的别人
以及昨天才认识的一个路人

我需要一把吉他
灵魂的房间太安静了
我需要一把吉他

我常想定期出租我自己
出租我的眼睛，去看别人的内心
出租我的心跳，去爱一个陌生人

我需要三个烟灰缸，一场舞会
我需要一个算命先生，一次酒醉

2015.4.18，深夜

典　　故

三月初一，宜撒网，在田野里奔跑
忌坐火车下铺
这两天，我被陌生人印在一张张火车票上
成为代词

活成全面的人，多是逝者
我们只能活成切面，活成一段话的第一个句子
活成狭窄的地域，或者青涩的果实

他人必然是地狱，这是真理
他人是梦境里的数字，失效的
是周易的前半部分，斑驳的
是面孔模糊的赞美者，或批判者

我呢，只擅长很少的事情
喜欢贫穷的时光，以及
善良的人

2015.4.19，上午

身体某个部位疼痛时所想

这些年在一个岛上飘着，磁场消失
意念里可以擦拭的东西越来越少
我和多年前的我关系陌生

我们是可以背叛自己的
不是疏远，是背叛，抛弃
甚至仇视
我们在梦境里跌入深渊

我是我自己的深渊
我写下的每一个字词，都可能
是一支射向旧时的暗箭

终有一天，我会和过去和解
伤口愈合，往事混浊
身体里常常会跑出陌生的男女
我老了，这毫无疑问。

2015.4.19，上午

退　步　史

——给巴黎的受难者

采访宋朝，会在扬州迷路
采访元朝，会被乱箭射死
文明可以逆行

我们都是被时代绑架的人
在宋朝认字，在元朝给马洗澡
在当下，可以从虚构的历史里找到三两个知己
在深夜时听听信仰的枪声

采访宋朝，会看到下棋的人
采访元朝，会看到受惊的鸟
野蛮是最可耻的谦虚

我对我以外的人相当悲观
不只是审美的差异，还有亲密的误解
文明终会成为文明的毒药
将宋朝撕成碎片，喂一匹野马

2015.11.15，深夜

在书店里

——十二月某日，在海口“知和行”闲坐有感

在书店里看故事的开头
电话挂了。一个孩子捉到了蝴蝶
这些都没有意思

一个少女将自己藏进书里
那么多封面
她费尽了周折
找不到属于自己的剧情

我近些日子在收集云彩
做梦，以及倾听世界
此刻，我正在记录一个孩子的哭声

在书店里，我将自己分成三十九份
每一份都可以兑换成长途车票
那么多地点，那么多可以撕掉的票根
我一点点减去年龄，成为孩子

2015.12.20，深夜

孤　独　感

午睡时梦到舞台上身着戏装的女人,抽烟
也梦到过拖拉机从田地里出来的声音
这些和日常生活较远的事情
从不知和谁说起

我已经很少回忆自己
我擅长看别人的背影,以及云朵
想象着晕船时自己缩在角落里的样子

我常常无法证实自己的卑鄙
生活。生活不过是解开一粒扣子
而思想是腰疼,是被鱼刺卡到
我无法证实自己的贫穷

步行。购买与北方有关的细节
有时候,我用胶布粘好箱子
却不能保证,箱子里的故事完整

2015.12.30,凌晨

第五辑

明媚小札

八里庄南里

2010 年 3 月 11 日，本人抵北京朝阳区八里庄鲁迅文学院，见诸多人，兴至，而作。

袜子，包裹着行走的词语
像嘴唇的红，靠近肉体
被一个存折救起的三十岁
那么羞涩

我看到喜鹊的黑，尖叫的黑
我有些不安，时间布满了颗粒
棉花被梦境里的汽车辗成薄饼
棉花，是可以融化的雪

从南到北，我看到冬天的火把
折叠，以及折叠后的希望
天桥上的人穿着蓝色的衣服
他们丢失了整个下午

我捡拾了八里庄的一个下午
掌声响起，一条鱼游向远方

2010.3.12

这　样　啊

2010年旧历三月一日三十四岁生日，与盛可以、刘照进、尹德朝酒后而作。

不如这样，我们一起出去吃面食
加入青菜和盐巴
然后讨论历史，在灰尘里修改剧本
在汤水里发现自己

蚂蚁。水里的蚂蚁
飞行。一个比喻
我想到时间，还有身体里的欲望
糖果打碎，香烟燃成灰烬

水果刀，啤酒瓶，城市的夜晚需要这些
需要安慰和歌唱
茶杯摔碎了，夜莺飞上树梢
我看到时间像窗帘般沉默

我在野地里种树，三十四棵
我在内心里喊你，三十四遍

轨　　道

四月二十三日夜，同诸多同学一起去中央戏剧学院北剧场看小话剧《轨道》，有小范围舒适，而作。

灯光，还有社会主义
杨树，还有事与愿违的臆想
我熟悉的词语都在色彩里
音乐陌生，像河流的名字

我喜欢倾听，灰尘落下，大雪落下
感情的刺在夏天逃遁
孩子长大，像一个质问
我们受制于一场又一场挣扎

曲折的剧情太多
汽车。汽车载来崇高
我们割去简单的意义，返回生活
箭射出去，必须有人倒下

必须念诵经语，手握一段温度适中的回忆
逃跑的人总要回来
镜子里的人说的话，和我们的一样
彼此忠贞

那么荒诞的假设

刀具切开水果，伤口是甜的
甜的，像你的名字
而我手握刀具，不敢食用你

春天，宿命像树上的纹路一般张开
嘴唇里的秘密无法猜测
碰撞，手伸出来，遇到大风
火车，火车，历史模糊成一声叫喊

2010.4.24

感　冒　诗

弯曲的，信仰弯曲的
角落里的人，他有丰富的文字
摔到地上之后，蚂蚁一般溃败
异常拥挤的凉

我必须出现，将药物变成幻想
鼓声从遥远的地方传来
我奔跑不止
像个无家可归的人

迟缓，在灰尘里演习苍老
我闻到身体的香气，像个孩子
我在黑暗里奔波
河水沸腾

多么矛盾的生活，比如食物
饥饿时的借口
躲藏在暗处的赞美
此刻沉默不止

之前，我喜欢从高高的地方跳下来
沙堆柔软
如今，我陷在遥远的河里喊你
杳无音信

2010.4.28

赞　美　诗

埋藏起来，将头骨的部分，以及整个五月
砖块砌成历史，记忆模糊
拍照片的人站在一堵墙的前面
一堵墙，或者面孔

我很难叫出你的名字
火车从哪里来，又去向哪里
这一切都像谜语
河流在遥远的地方

撕开夜晚，烛火里的衣裳
还有啤酒，可以赞美的怀疑
梦境里念到的名字
都被大雨洗去

只剩下你，光洁的，可以吮吸的月光
只剩下你

阶层分析

粗糙的声音，关于食物
光滑的身体，关于理想
那么，我们开始选择颜色
黑色，歌唱停止

剧场散了，粗糙的声音消失
夜晚打开，光滑的身体出现
那么，我们开始谈论虚幻
羞涩，飞翔不止

木头被钉在一起，譬如床
草被割掉，譬如荒芜
春天被大雨淋湿，譬如孤独
我们躲在食物里，食用自己

丢失什么，我们便捡到什么
获得什么，我们便付出什么

荒诞主义

我们去找石碑
在荒草中觅一段对话
我们要在对话里找到花瓣
或者星期天

过往的一切都是杂草
牙齿掉落了,色彩枯萎了
荣誉像蝴蝶,疼痛地舞蹈
将我们引入沼泽

我们的手渐渐消失,像风筝
泥泞的往事吞下我们
只能留下一句话,挣扎的疼
你会撕下皮肤,写下我的名字吗

我会一口吞下所有的泥泞
将你留在这尘世上,孤独

我们不能让自己枯萎

早餐的内容在历史书里
我怀揣利器，切开阳光
弓箭射向敌人，敌人倒地
鸟儿们，歌唱吧

唐朝，我们在这里下车
衣衫褴褛，在珍贵的池塘边叫喊
舞剑的姑娘会爱上我
舞剑的姑娘会爱上你

现实总让人沮丧
灰尘堆在信纸上，你的名字模糊
我很久没有用笔写字了
这多么像誓言，有毒的年月

食物让我们苏醒，理想揣在兜里
真亲切啊，我们不能让自己枯萎

梦的解析

蔬菜生长的过程，懒惰，清澈
浇满水的夜晚清凉
打磨铁器，铁器沉默
村庄的夏天贴满你的照片

你的裙子飘扬起来，像梦境
一只松鼠穿过街道
下午，陌生人在街上举着旗子
喜悦，喜悦布满缝隙

我听到气息模糊的叫喊
黑白照片撕去一角，历史残破
该如何抵达你，你角落里的锈迹
庄稼丰硕，淹没我们的对话

如今，我来到繁荣里，手持钥匙
打开门，夜晚清凉，像一句情话

二　十　一

停靠。船只被水识破
二十一只水鸟飞翔
二十一句情话热烈，田野安静
我喜欢热烈，像收拾整个六月

整个六月，我只遇到红色
旧时的院落开出花朵，拥挤
年少的石头，堆积成谜语
桃子落在地上，那么甜蜜

时间滴落了，如遇炊烟
世事被熏染成雀鸣，到处流传
我喜欢重复叫你的名字
图画摊开，河流里暗藏你的晶莹

河流。鱼类。呼吸。猜测……
二十一支箭射向你

散　场

在等德国对乌拉圭的比赛，有小困意。在一楼住的安兄昌河在网上充满好意地劝慰我：洗洗睡吧。

我想探索一下，看看是不是可以撑到凌晨两点钟看球赛。

将刚刚写的一首散场的诗句贴到这里。

喜鹊。黑色的，夏天的某个段落
字迹模糊的寻找，汗水湿透你
情节不详的叙述，一只蝉突然叫响
而我的钥匙丢了，方向迷失

街上有大哭的人
音乐断裂，衣衫不整
谁大声叫我的名字
我看到尘埃，湿润的事物减少

如今，夜晚像一场电影
纸上的话语透过往事
口红太红，菜谱上的排列充满矛盾
我们安静一些，听听流水

（画外音：
流水，金属一样稳重的元素。
衣服破了，像打错了电话的人惊讶的声音。
苹果树有十三棵，每一棵树上都有鸟儿，并且在下午三点钟开始歌唱。
欢喜的人们住在河边的木楼里，她们唱出的戏词哀伤。
船划过春天，来到你的心事里。
端庄的笑容可以食用，可以储备。
泥土里埋藏着太多秘密，我们最终会被秘密吞食，变成秘密的一种。
鱼上岸了，阳光是咸的。
我丢了十三只鞋子，我遇到荆棘。
那么，请把你们的胡子刮干净，大声念出下面的经文。）

在院子里摆放月光，铺张的
孩子，神像锈迹斑斑
这是七月的符咒，正面刻着安详的面孔
羊群遍地，母亲出现在回忆里

温润的手抚摸你，你便醒来
月光是糖果，地上的一切都是甜的
我不想说出真相
衣服温暖，大地清凉

食物背叛食物，钥匙丢了
那么多锈迹斑斑的往事，布满苍白
我向南走，田野丰盛
那么，青春散场

（画外音：
啤酒十三瓶。话语十三句。鱼十三条。叶子十三片。
生活像粥一样黏稠，欢喜不明。
弹出音乐的手紧握刀具。
西瓜的红代替想念，那么软弱。
我们一起积攒时间，玫瑰枯萎，笑脸凋零。

谁最终用铁块熔化生活的硬，烫伤文字。
印迹。地图上的迷茫。树皮上的谎言。
多么放荡便多么贞洁。
多么富裕便多么贫穷。
而我，只能往灰尘深处走一下，并觉得孤单。）

2010.7.9

后海夜色

戏曲，夜色打开的脸
往事在一袋烟草里拥挤
弹开曲子里的灰尘
只剩下内心的软

秘密，一只西红柿打开的红
尴尬的歌者丢了自己
灯光里明灭的愿望
那么容易更改

我被水流叫醒
食物摆放在桌子上
如同一声叮嘱
孤独的人是可耻的

夜色，一盏灯照亮我的过往
我看到大雨停下，那么安静

见　　喜

手指伸出来，五段思念
参差不齐的历史
手指合上，五个丢失的方向
我有足够的力气

我有足够的力气
砌屋，植桃，对着陌生人微笑
道路上堆满指责

书的名字想好了
叫作见喜
打喷嚏的人去吃粥
穿深色裙子的人去舞蹈

我有足够多的理想
我有足够多的理想
你要相信我，是的，我看到红色

2010.5.23

致　青　春

吃鱼时遇到的人，都是孩子
吃鱼时说起的事，都是青春

我的青春偏凉，无助
遇热成为哈气，抒情不止

青春时爱过的人，都是暖的
青春时受过的伤，都是浅的

我的青春撒满农药，有毒
那来源可疑的不甘，抒情不止

我越来越喜欢温饱，把贫穷的自己装进包裹
寄向偏远的地方，收件人不明

而最终，我又会从文字里找到它
用怜惜的目光梳理自己，获得安慰

念起青春，我想到河流阻隔的旧时恋人
就那样唱着宋词远去

爱

爱在汤水里，一声嘶喊
银行的利息接近爱，接近你
爱如同食物，终会成为排泄物
成为佛教里的词语

我爱你，我是灰尘的一种
你呢，是一条鱼
消失在某个成语里，成为抽屉

终于我们都要回到身体里，爱
是掌纹流经的大地，是大山里的
孩子第一次看见火车
火车里的人匆忙地奔赴悲伤

爱是伤怀。是身体的哲学
我一次次地念出你的名字
在火车上，在一本书里，爱

还　好　吧

茶水里有青草的气息
窗外的一只鸟孤独地飞过高楼
我拍下它，观察生活的局部
还好吧

堵车时城市是具体的，一个车牌号码
晃动的焦虑
记忆自动清理掉它们
这些可有可无的道理

我无法摆脱这些羁绊
现实里的一切都沾着价格
小青柑，或者你的理想
还好吧

谁谁谁，你你你，我我我
在这个污浊的时代，都还好吧

2017.2.14

七　夕

青春在青春的外面
就像食物在食物的内部
爱和普通的吃食一样
煮熟之后的滋味，是性事的概略

终究，我们要回到生活的细部
建立隐私，破坏道德
高尚是公共的事情，比如释放陈年的体温
而卑劣是可信的，比如私有一个灵魂

爱意味着缩小范围
爱支持肉体，又反对肉体
爱从来不能自圆其说

我一直信任身体，饥饿感，或是冷暖
彼此食用，便是彼此喂养
彼此爱，便是彼此损耗

2015.8.20，广州白云机场

第六辑

温情集

参　照

吃豆瓣酱。儿子一岁多一些
吃豆瓣酱
在关虎屯，我高个子

时间塞满豆瓣酱
食物，疾病，隐私
谁谁谁现在跑到哪里去了

青春常常被远方到来的人掏出来
口袋里的钱币很少
吃豆瓣酱，在关虎屯，我高个子

我常常无法分辨幸福
现在的我，减去苦痛
剩下什么

马路边上的人，他们是模糊的历史
我高个子，青春不止

多多语录

牵手走过田野,西瓜熟了
多多,我给你念中药的名字
荆芥、木瓜、生姜、金银花
还有小兔子

枕头上的词语,无法表达的痒
哭泣的时间到了
下午三点一刻
西瓜切开,露出脚趾的夏天走远

鸡蛋碎了
彩色的笔画在衣服上
夜晚是一种躲藏
闭上眼睛,吃糖果吧

你笑一下,再笑一下
但是,不准流口水

小 鞋 子

鞋子在河流里,变成鱼
在树上,变成椰子
在书里,变成母亲
鞋子,鞋子是蛋糕的名字

碎了的夜晚
热带,星星洗澡去了
医生里的护士洗澡去了
鞋子,鞋子是河流的名字

小鱼的肚子上刻满了微笑
小布丁,五毛钱
小布丁没有弟弟
鞋子有弟弟,它不孤独

穿上鞋子出门,穿上鞋子去夜里走走
鞋子饿了

尿　素

庄稼，庄稼里有多多的童年
话语，多多的话语里有我的童年
尿素，尿素里有孤独

美好的一切都有毒
手臂碰到花朵，脚趾遇到海水
时间有毒，词语有毒

用药物治疗时间的孤独
身体里的事情烦琐
鸡蛋将被消化，电视广告将被排泄

多多，我给你讲庄稼成长的故事吧
要在春天里种下种子，像吃西瓜
要在夏天里浇水，像洗澡

尿素被水溶解，成为形容词
父亲也是尿素，成为形容词

在北京眉州小馆吃过早餐以后的事

——给四岁的赵多多

握紧，孩子，握紧你的四岁
咬碎它，让它疼痛

将沙子扬起来，昏黄的比喻
捂住眼睛，我们什么也没有看到

花朵枯萎，意味着拔节
握紧花朵，它靠近飞翔

城市是一架破钢琴
不是每次都可以踩出音乐

如果我从不叫你的名字
那么，你对我是个秘密

握紧那秘密，三十七度的体温
像摆放整齐的刀具，锋利的词语

我需要站在人行天桥的左侧
我的手里，什么也没有

2010.4

各自活着

——给赵多多八岁生日

爱不能代替经验
我们必须各自活着，体会
各自的不安

需要说明的是，爱，是气体
被污染以后，成为病毒
为此，我备下药物
毒害你

我讲过的故事，多是假的
善良，我无意强调
却是最好的果实

生活对于你，是鱼缸里的水
只有成为鱼
你才会懂，我不停地加水
是为了让你游远

2014.6.1

羞　涩

——给赵多多十岁生日

你的羞涩是我的历史，懒惰也是
你是我的粮食，是我的
被大雨淋湿的镜子
你需要将我擦去，才能看到自己

我和你活在共同的词语里
你疼痛，我的身体便会有血液流出
你欢喜，我穿过荒野回到过往

一岁的你是我的日记，三岁的你成为大海
五岁的你是我放出的一枚风筝
十岁的你牙齿掉落，有了自己的历史
而我将你的词语，还给你

还给你整个六月，修改的权利，以及你的钥匙
还给你孤独，收获，以及你热爱的食物
而我一直在镜子里，等着你来看我

2016.5.31，夜雨

打　开

——给赵多多十一岁生日

春天里的事，你弹奏吉他
琴弦里藏着孤独，你渐渐懂得叙述
这是我们疏远的开始
我喜欢这些陌生

这两天你活在疼痛里
药水，还有整个夏天的责备
我试图给你讲述哲学
以失败告终

那么多的时间都在未知里
你的自行车被一首叙事诗忽略
此刻，我希望你打开自己

你是词语的孩子，是我的第一声
哭喊，而此刻，我只希望你打开自己
装入一场大雨和欢畅的奔跑

2017.6.1

内心生态

停下来，在欢快里，在榆钱里
存折，半个打开的春天
春天被装进胃里

油菜薹是鸟叫声的一种
香椿芽是成年后第一场恋爱
我最喜欢辨认麦苗的绿
它救了整个春天

我从一条河里借来歌唱
流水洗干净什么
我都送你

回到现世，我翻过一场大雪
那些秘密枯萎，帆船搁浅
谁叫醒我的梦
我都歌唱，或者赞颂

四十岁后我或许会更自私

唱歌的人发音颤抖时的纹理
我需要调整座椅靠背来捕捉
春天里对绿色漠不关心的人
我想将他们放在夜色里

我越来越在意微不足道的事物
裂痕，楼梯口广告上的别字，头屑
我的马匹绊倒在裁坏的宣纸上

泥泞裹着琴声，林间种着毒菇
那是我丢弃的童年，发芽，吐露心事
四十岁以后，我越来越看重孤独
敌视热烈，敌视毫不节制的欲念

以前，我每天都担心地球上的水，或者月光
担心它们像我刚刚爱过的姑娘，被人诋毁
四十岁以后，我只关心肉体和远方

研究成果

对一个人微笑十次，属于数学领域
抱怨，是物理学，和爱一样充满力量
空气流动，磁场，或者拥抱
都是空间的变化

唯一不变的，是身体的记忆
关于温度的描述，是琴弦割破手指
两个人都在音乐里成为咸的，彼此嘲弄
像秋天里的一次旅行

我研究爱的构成，蚂蚁，鱼类，以及
相似的生物，它们的骨头用来裁宣纸
它们的眼泪用来绘画，描述未来

过去的事情就不要再说了，好吧
我想从今天起，我要回到物理学领域
去遥远的地方，栽树，发呆，看看日出

2016.4.7

致黑夜里的自己

黑夜里驶出的车辆，让黑夜走远
那是歌唱的方式，伸手不见五指
我连续多日出入寺庙，桃花开放
黑夜派出麻雀，擦拭悲凉

我的夜色写实，时间充满灰尘
植物有黄豆，虫子吞食掉春天的上部
只余几声淫荡

黑夜塞给我整个世界，梦境里的钥匙
打开你，你躲在夏天里，冰块里
琴弦奏响，我在大段的念白里旅行
黑夜塞给我一把钥匙，打开你

我终于安静下来，喝水，吃草
也喜欢花朵开放，在黑夜里
草长莺飞，我用一片草地充当我

小 念 头

拐弯时在镜子里看到的那个人
似曾相识,他们无一例外地悲伤
世界缩小成楼梯口
我听到他们在电话里哭泣

有多久没有留意擦肩而过的人
我活在狭窄的空间里
每一天虚构出三碗米饭,一枚鸡蛋

而终究,我需要买两节七号电池
打量三棵柳树,以及世界上所有的路灯
光。眼镜布上沾满道德
灰尘。我不介意这世界是模糊的

我不介意高跟鞋的声音,匕首
我活在一壶茶里,舞蹈里
我会成为一个念头,落进泥里

我的刺已经拔净

微笑。低声说话
我终于放弃自己的骄傲
这些年来，我被泥泞教育
吞下了半个冬天的苍白

我的刺已经拔净
只有干净的灵魂在火上
九十度时我叫你的名字
一百度时依然叫你的名字

我喜欢麦子，锋芒拔净
成为一粒一粒的药
治愈饥饿的身体

而我，始终是一个自私的人
在意灰尘，大风吹走灰尘
在意钱财，大风吹来钱财

2017.3.28，凌晨，四十一岁生日，随手

误读赵瑜(跋)

碎　碎

认识赵瑜总有五六年了吧。一开始,是因为工作上的往来。但在未见其人之前,已在网上被他的文字冲撞过多回。对,冲撞,就是那种感觉,他的文字冲入你的视线,撞击你的内心,很招人的,当时感觉蛮惊艳。

那是在新浪博客首页上的初见。记得当时的感觉,能写出这种文字,有这般认识的人,一定是在远方,他肯定不会生活于我所在的这个灰扑扑的平淡无奇的城市。所谓生活在别处,好的东西,好的作家,也会让人感觉在别处。那种好,好像只可用来想象和眺望。

对于写作的人,我一向只以文字取舍。感觉到其文字的光焰的,便会对其升起无限尊重与好奇。若是感觉其文字粗疏无味,便无法对此人升起信赖感与结识的兴趣。这可能是编辑的职业病,或者势利眼,但我不想纠正这种偏见。后来,从赵瑜的文字中发现,他竟然就在郑州。这让我有一种感觉失衡的不真实感,好像他是这方水土上生长的一株奇异植物,有着不属于此地的气息和气象。

在见到活的赵瑜之前,我已有三四年时间看他诸多文章的经历,从中生成的很多认同与会心,让我对他已有了像是熟识多年的亲友般的感觉。赵瑜是典型的白羊座写作者,心口如一,不惮于在写作中敞开展示自己,他的写作与内心走向常常是同步的,从这样的文字中得来的认识更是真切。我觉得他是那种文字大于本人,也高于本人的人。不知这么说对他是褒扬还是打击,但却是我作为读者的真实感受。

赵瑜写小说，好像他更注重自己小说家的身份，他也写有大量散文随笔、诗歌和评论，每种文体都驾驭得得心应手，所以他在我心目中是很富有的一个人，因为他有诸多出口。他写作路径的宽广，反映了他内心的宽度，与精神疆域的辽阔。比之于他的小说，我更喜欢他的散文和诗歌。他写小说，可能更重于技术上的操持拓展，他想要诠释和表现的某种理念，离他本人的心声比较远。他的散文诗歌，给我的感觉，每一篇都湿漉漉、鲜灵灵的，波光潋滟，有着早春新绿般的亮眼，又有着纯棉般的柔软贴肤感。他的感知，他的心跳，他的体温，都在向着散文和诗歌洞开，纹理动人，又如陌上花开，自然葳蕤。

在我看来，一个好作家，从他拥有自己的句子开始。他那些句子你之前没有见过，那是只属于他的表达。赵瑜的散文和诗作里有很多这样的句子。他那些句子以其生鲜灵异的质感，擦亮你的内心，让你对世界有了新的发现，获得一种截然不同的维度。这样的句子，很多写作者一生都没有找到。虽然他们努力修炼，细心打磨，却出手便是陈旧，带着前人的口水与体味，给人似曾相识的倦怠感。这是大多数写作者的命运，好像与努力无关，与阅读无关，与经历无关。我很好奇为什么属于赵瑜的语词和句子就那么多。读他的散文和诗歌，感觉像一个海边拾贝的孩子，有一种拣拾不尽的喜悦和满足感。比如：如果追逐一只兔子/我们的一生就会被兔子安排(《悲伤切片》)；春天被装进胃里/油菜薹是鸟叫声的一种/香椿芽是成年后第一场恋爱/我最喜欢辨认麦苗的绿/它救了整个春天……谁叫醒我的梦/我都歌唱，或者赞颂(《内心生态》)；我在云朵之上/被一个村庄的名字叫醒/禾木，一声被河流洗净的牛哞//我细细地数了这个村庄上空的神灵/他们在白桦树上住着/我想停在此刻，觉得再向前一步都是错过(《禾木》)。

这些句子给人的感觉甚至是散漫的，随意不拘，却又自在风流，好像妙手偶得。如赵瑜所说，诗是风声，是一夜柔软的柳蔓，是我们生活中若隐若现的美，他总能在不经意间捉住这种美。找到属于自己的句子，你得有宛如新生的眼神，有接通自然与神秘的感受力,有重新发现的力量,赵瑜好像生来就有。

我在赵瑜的诗歌里还很看重的,是那种缓慢升起的无力感。那种弥漫的无力感,可能是一个人的内心生态,也是这个时代的精神镜像。那种无力,倒比那种强悍的力量感更让我感觉真实和迷人。那是诗人面对世事心生的芒刺,是面对困顿的微痛,是无可诉说的空茫。那种无力感,不是颓然,不是虚弱,不是沉郁,它比痛感轻逸,带着一点自我解嘲。那是一种不垢不净、不增不减的自我观照与内心松弛,有一种走向纯净与悠然的气度,一种历经折损之后的平静与淡定。比如《四十岁后我或许会更自私》:春天里对绿色漠不关心的人/我想将他们放在夜色里//我越来越在意微不足道的事物/裂痕,楼梯口广告上的别字,头屑/我的马匹绊倒在裁坏的宣纸上//泥泞裹着琴声,林间种着毒菇/那是我丢弃的童年,发芽,吐露心事/四十岁以后,我越来越看重孤独/敌视热烈,敌视毫不节制的欲念//以前,我每天都担心地球上的水,或者月光/担心它们像我刚刚爱过的姑娘,被人诋毁//四十岁以后,我只关心肉体和远方。

人到中年,特别需要这种与生活既拥抱又疏离,既陷落又超拔的姿态。我能从中体味到那种无言独上高楼的况味。

赵瑜的诗歌里还有一点令人心动的是,他有诸多来自于日常生活中的细节,却又能被他予以精神提升,进入自我寓言化的言说。他谙熟日常生活场景与写作之间互相转换的奥秘,他书写的不是表层意义的现实,而是能将物质现实悄然转换,过滤,压缩,提升,比如《失语症》:我们拥有的现实都有包装,揭开来/全是锈迹,像故事中藏好的线索/我不再热爱这些故事中的人物/就像,我不再热爱和别人分享我的见解//我喜欢的词语都被出售,被黑夜收藏/塑料做的法律,灰尘覆盖的笑脸/我的身体里有一声尖叫,被贴了罚单//只好温顺地看着孩子,他们在游戏里活着/还好,可以看着他们,阅读他们的欢喜/将他们看到的词语一个一个拿过来吃掉/对他们说,不要吃垃圾食品//然而,纠正他们并不容易/现实是被减去思考的番茄酱,我看到/孩子一口吞下蘸酱的历史,那么坚决。

善于捕捉日常中的细节化、精神性和隐喻性，在浑然不觉中实现从实到虚，从具象走向抽象，达到物质的情感化和现实的寓言化，这正是赵瑜诗歌的魅力。

好的诗，能让我们见出诗背后的那个人，见出那个人的眼神与心性，见出他聆听和抵达世界的方式。我在赵瑜的诗里，看到了这些。

其实我并不怎么懂诗，偶尔读读诗，只是凭感觉和本能感受好坏。于我而言，好诗不是让人阐释的，只需感受与体味，所谓一说就错。有位诗人说过：一个读诗的人，误会着写作者的心意/他们在各自的黑暗中，摸索着世界的开关。我在这里笨拙地解读赵瑜的诗集，很可能，完全是对他诗作的误读。不过我想，对他来说，正读误读都很好玩。误读，可能更能为诗人提供一件隐身衣，让他更多地感受自己的高明和不为人知。又有什么不好呢？